김병찬 제3시집

봄이다 나왔다

김병찬 제3시집

봄이다, 나왔다

한누리미디어

밤하늘 창가에다 시를 썼습니다

내가 쓸쓸하다고 느낄 때 LP판을 돌렸습니다.
화를 풀지 못한 날에는 술잔에 시를 담았습니다.

그런 날이 하루 이틀 지나 음지에서 양지로 나오는 터널이 있었겠지요. 오랫동안 나를 기다린 사람이 있다면 책방에서 만났으면 좋겠습니다. 그동안 적은 시 한 편을 찾아 밤하늘 별 대신 읽어 주고 싶습니다. 시집을 꺼내 들기 쉽지 않지만 그림자처럼 따라다닌 시가 독자들에게 와 닿을지는 모르나 막상 시집을 내놓고 보니 아쉬움이 없지 않아 있습니다. 물론 독자들 눈에 맞추려고 했지만 시는 보이지 않는 곳에서 교감을 나누는가 봅니다.

시는 한 번 읽기보다는 이해되지 않아 몇 번 읽을 필요가 있겠지요.
시는 직선적인 표현보다 간접적이라서 독자들이 어려워할 수 있겠지요.

겨울이 지나 화창한 봄입니다. 시집을 구입한 독자들과 인연도 나에게는 인연이라고 봅니다. 이 시집 3집을 통해 독자들과 가까이 다가갈 수 있었으면 합니다.

2023년 2월

양주에서 저자

차례

차례

제2부

차례

제3부

봄이다.
나왔다

제 1 부

봄이다, 나왔다

꽃피는 날 달력에 동그라미 쳤다
창문 너머로 햇살이 한결 정겨웁다

봄이다
들판에 냉이가 여기저기서 부른다
나왔다
산속에 진달래꽃 사방으로 나팔 분다

햇살은 가파른 바윗돌에 앉았다
산허리는 참나무가 기다리고 있었다

봄이다
햇살 안기는 기운마저 모처럼 반겨 준다
나왔다
꽃향기 나는 사람 만나 설레는 봄 들썩인다

사랑의 계급장은 소장

밤하늘 별 하나 마주합니다

잠들기 전 둥근달을 가로지르는 백로무리의 날갯짓에 합류
한 우리만의 사랑은 저 하늘 어두운 곳에 싸 놓은 새똥을 치
운다고 별 하나 반짝입니다

사랑의 별자리 어디 앉아도 밤하늘 밝히는 별은 강하게 발산
합니다

산속에 부엉이 우는 밤이 놀려 주려 합니다
바다 속 물고기 뛰어노는 무인도를 찾아냅니다
하늘로 날린 종이비행기 수백 대는 별 주위를 돕니다

밤하늘 새의 날갯짓에 사랑하는 사람 불러내 별 두 개의 사
랑 달았습니다

봄날

도시에 건물 녹이려
바람마저 잦아들었다
햇살 달아올라 앉을자리
잔꽃 무늬 옷 입고
꽃피는 도시로 찾아 나섰다
외출 나섰다가
바람났다 입방아질이다
그러니 봄이다
봄 문제 되는 것 시린 입이다
봄 차려 입은 옷 바람이면 어때서
봄 햇살 마주한 자리 면접시험이다
사는 게 추워 봄이다
남 보기에 함부로 꽃이 피워 바람이다

세상살이 안 그래

착한 사람 얕잡아봐서
어리둥절 뒤통수치고 나면
사람이 싫어져 화나고 말 때다

착하긴
안 착해

착하게 살아가기에는
버릴 게 많아
누군가 대고 잠결에 소리쳤다
믿기지 않는 헛수고
여태 장만한 살림살이 골라냈다

착하지 않으면 안 돼
남한테 말 못해 혼자 헤쳐 나갈 때다

봄이 오면 뭐합니까

봄이 살맛난다고 오면 뭐합니까
꽃 핀다고 내 기분 알아준답니까

낮게 엎드린 추위 물러나
꽃향기 나는 일자리는 어디에 있습니까
나이 한 살 먹고 나서도 모자라
살아가기 빠듯해야 합니까

봄이 와도 날씨만 풀렸지
입술에 설득하지 못하는 추위
아직도 외투를 잡는다 한답디다

통닭집

통닭집 기름이 만만치 않아 밖으로 튀었다

닭 한 마리 눈에 선하다면 날개 달아 주자
뜨는 가격대 닭다리 치솟아 참았다면 사 가자
우리 집 아이들 침 삼킨 지 오래 되었다면 뜯고 보자

튀김옷 입고 포복 앞으로 철조망을 통과한다
고참부터 나란히 줄 세워 먹고 싶은 가격 부른다

통닭집 꼬꼬닭아 울지 마라 달래러 나왔다

첫사랑

언제 적에 핀 꽃인데
계절에 상관없이 피어난다
아
름
답
다
이 세상 꽃이란 꽃 중에
코끝 내밀지 않아도 취한다
어디에 옮겨 심은 꽃인지 찾고 싶다

천둥 번개

하늘에 바윗돌 이빨 갈아 들린다
구름 몰고 와 깨부순다 충고질이다
누구도 나서지 말고 피하라 소리쳤다
천둥 맞을 정도로 살지 않아
빗물에 머리 감아 말리어 본다
집 한 채 삼키려고 하늘에 금가 있다
죄 지은 사람 어딨나 찾지 못해 번쩍인다
바윗돌 큰 것 소유할수록
그 거 말고
그 앞에 것
그 앞에 안 보여
그 바윗돌 죄 많은 사람이 들지 않았다
하늘을 원망한 사람만이 바윗돌을 들어 올렸다

해수욕장

백사장이 뜨거워 벗다 만 눈이 뜨거워
아직 타오르는 태양은 청춘이라 했던가
눈앞에 숨기는 것이 선글라스다
바닷가 우산밭에 쑥스러운 것이 망원경이다
눈길 사로잡혀 파도 위에 꽃무늬 수놓았다
이러다 눈길 딱 걸려들어 위험수위가 파도다
저기 바닷물에 허우적대는 사람이 보인다
백사장 뜨거울수록 안 보여 넘어간다
바닷바람 파라솔 꽉 잡고 여름을 벗긴다
도레미파솔라시도 내 사랑 콩나물만 그리다가
도시라솔파미레도 아 벌린 가사가 높은음자리다
바닷가 우산밭에 사랑의 노래 부르다 파도가 잠든다

목욕

여름이 뜨거워요
무지무지 뜨거워요
기회는 탈의 순서였어요
야 보여
아직 안 보여
야 내려와
말 걸지 말래도
야 너만 보니
가만히 있으래도
저
리
가
누가 뒤에서 잡았어요
너희들 딱 걸렸다였어요
이리 따라와 두 손 들었어요
남 훔쳐보는 눈 도둑질로 봤어요

사과

제철에 과일 배불리 먹고 나서
상한 것 있다 싸잡는 거야 당연지사
사람마다 기호식품 과일류에는
기분 나쁠 때마다 찾는 맛이 있었으니
이래도 되나
감이 어때서 감 잡아 꼬투리다
배라고 같은 배 취급해 비만이다
수박이 한물갔다고 수박 겉핥기다
딸기가 먹음직스럽다 못해 딸기코다
끼워 넣을 게 따로 있지
앵두 같은 입술 찾으면 어때서
심지어 수입산이 바나나라고
바나나 똥은 역시나 열대 체질이라서
아무 곳에 싸놓는 것 아니냐고 취급한다
이대로 넘겨짚기에는 하도 유별나
과일 잘못 먹어 소화불량이라고 사과는 내민다

여름 바닷가

여름을 잡아 봐라
사랑을 잡아 봐라

밀려 오는 파도가 벗겨 놓았다

하늘만 바라봐도
도시를 남겨 놓겠다고
자 떠나자
모래사장 누워 있는
바다 물거품 토하는 그 곳에
갈매기 날갯짓에 사랑이 떠다닌다
파도가 출렁여서
여자의 가슴이 출렁여서
그저 휘감는 눈은 바다의 깊이를 잰다

여름이 뜨거워라
사랑이 뜨거워라

바닷가 짠물만큼이나 사랑도 짠물을 토한다

상처

비가 와서 지난날인가요
그칠 줄 몰라 빗물이 고였어요

우산 없이 걷기에는
그날처럼 쏟아진다고
기분 건드리지 않을 테니
비 맞아 봐라 했어요
비가 화풀이하고 싶을 때는
천둥 번개가
정신 들게 때리면서
지난날을 캐묻기 시작했어요
더 이상 말 못할
슬픈 날을 빗물에 적셔야 했어요

비 오는 날이면 손이 저려 와요
창문에 수많은 우산이 걸려 있었어요

갈빗집

궁궐에 가면 왕을 모시는 곳이 있다니
배고파 못 참아 여봐라 대신 여기요가 있다니

뱃속에 거지 안 봐도 소갈비다
주인은 왕을 모신다고 꽃방석을 내준다
나는 가부좌 틀고 왕자리에 앉는다

궁중 음식 갈비 납시어
문을 활짝 열라 기다렸구려
갈비 굽는 데는 내가 거들겠소
익기도 전에 어딜 잡손을 치우시오
그대들은 입 다무시오
먹는 것 가지고 참지 못하면서
그런 눈으로 쳐다보면 어찌하겠소
자 갈비가 익었으니 실컷 드시오
음식상에 백세주가
기분을 따라 주겠소

가장으로 가족 나들이 궁궐에 들어가
최고의 만찬 누렸으니 배 나온 왕이로다

빗소리

우리 아무도 모르게 눈물 날 때 있는 거 아니니
소리 없이 흐느끼기에 마구 달려드는 거 아니니
조금만 참자 달래야 그제서야 그치는 거 아니니

창밖에 파전 부치는 소리가 들린다
하늘 어딘가에 막걸리 병이 떠다닌다

길모퉁이 잡고 나서 막걸리다
피할 길 없어 술잔에 적시어냈다
추억 내놓으라고 우산이 찢어졌다
비 오는 날 되는 일 없이 비를 맞는다

눈감지 않아도 파전 부쳐 먹으라 내놓는다
하늘 맑기 전에 마신 막걸리 빈병만 떠다닌다

수박

한길가 노점 가격이 부른다
시골 원두막이 숲에서 깨어난다
더위에 지쳐 수박 내놓아라
누가 입을 벌리나 시원한 그늘막
사람들 눈에 띄게 보여
과일 값이 기다려 수박이었구나
아 벌리기 전에 입술 침 발랐구나
수박 부르기 전에 몸값에 대조한다
가격이 참 부러워 할 맛이다
현찰치고 쓸 돈 아깝지가 않다
우리가 사는 집이 낮아 걸음걸이가 빨랐다
도시를 반 쪼갰다
사 온 성의가 반이고
그럼 그렇지가 반이다
우리 집 큰애와 작은애 머리가 달라 수박이다
그러고 보니 수박 반 잘라 철모를 쓰는 아빠였구나

날파리

기분 풀어 버리는 술
넘볼 술안주 따로 있지
너희들은 누구니
코는 있니
입은 있니
귀신같이 나타나
요것 봐라 까부는데
이런 떨거지들을 봤나
가뜩이나
화가 안 풀린 소주
진수성찬이라 그러니
요것들이 제정신 아니라서
술맛 떨어지기 전에 손봐야겠다

장날

장날에 내리는 비는
매상에 비 맞아 적신다
시장을 찾는 사람들
우산 쓰기 귀찮아한다
이거 얼마예요
장바구니 찾는 인사
덤 얹어 가격 찾는다
빗물 고여든 자리는
장사 인심 모를 리가 없다
싸다 싸 부르는 가격
소비자가격 맞추어 갈 뿐이다
장사는 팔아서 힘이 나고
사는 사람은 싸다고 기분을 낸다
저울에 단 인심은 아껴 두지 않았다

끼어들기

교통법규가 끼워든다
도로가 부실한 거야
차가 많아 당당한 거야
교통 경찰관님
여기 좀 보세요 부르고 싶다
막히는 도로 줄서 봤자
이 차
저 차
안면몰수한다
CC TV 설치라도 하지
오전 출근 새벽이 줄어든다
경찰관이 지키든지
경찰관을 늘려 벌금 채우든지
끼어들기 차 욕도 하지만
경찰관이 방치해 화가 치밀어 온다

사랑이 그랬다

사랑해서
만날 때는 참 깨끗했습니다
싫어져서
헤어질 때는 참 더러웠습니다
나도
너도
싫으면 그만이지 버려둘 때
당돌하지 않았나 묻고 싶습니다

사랑했으니
이별도 또한

서로의 상처를 감싸면서
더럽히지 않게 헤어졌으면 합니다

아이스크림

딱 한입만 먹자고 형이다
딱 거절하지 못해 동생이다
형제간의 우애 새끼손 걸었다
아 크게 벌려 하마다
아 못 참아 사촌뻘이다
아 아이스크림 내 것 내놔
아 벌린 입 더러워 빼앗겼다
아 먹을 것 코딱지만큼 남겨 놨다
보다 못해
엄마가 머리에 뿔 달았다
너희들은 눈만 뜨면 싸우니
이 꼴 안 보든지 해야지 엄마의 몫이다

어떤 외도

차는 남성이길 원한다

나무숲으로 달리는 차는 붕붕 소음을 없앤다고 산바람을 앞
세워 산새 지저귀는 곳으로 달려간다 머릿속에 들끓는 벌레
는 차 앞에 가로막아 차 뒤로 빵빵 살충제를 뿌린다

차는 산기슭을 접으며 구름 위에 앉는다

잘나가는 차 산허리 잡을수록 이 산과 저 산에 낭떠러지 숨
소리를 걸러내 호흡을 마주하다 차는 목적지를 이탈해 터널
깊은 곳으로 들어간다

잘나가는 차에 도로는 여성이길 내준다

고독사

산동네 더 이상 갈 곳은 낭떠러지
판잣집에 이사한 날부터 술이 잦았다

가마솥더위 끓이는 땀방울을 봐라
선풍기 연식이 닳아 방치한 것 봐라
천장이 낮아 누울 곳 손 닿는 것 봐라
빗물이 새어 곰팡이 쓸은 벽지를 봐라
밥숟가락 파리가 앉아 똥화석인 것 봐라
육칠십 년대 살림 도맡아 정착한 것 봐라
독방거처 쇠창살만 없을 뿐이지
이곳 사람 언제 구경했는지 다급한 것 봐라
경찰차 출동하다 구급차에 도움 받는 것 봐라
연탄살이 70장 피우지 못하고 실려 갔다

누가 산동네 주인이 될 거라고
사업에 거덜나 상상이나 했을라고

산동네 살림살이 처분할 때 알았는지
가쁜 숨 혼자 갇혀 그럴 만도 하지
언제부터 보상이다 개발이다 쫓겨날 처지였다
산동네 깎아내리는 것 보면 하늘은 그 빛을 다한다

혈투

모기 한 마리
윙윙대는 것 보니
겁대가리가 없다
내 팔에
무덤 만들려고 하다니
하기사
시비건
너 쪽에 있으니
고리눈 치켜뜨고 피 볼 수밖에

장남

하늘이 슬프다 부르고 싶었나
하루 한 끼는 밥 대신 참이었나
이래서 술 한 잔
저래서 밥그릇을 치웠나

눈물 한 방울이 쓰린 속을 달랬나
맏이는 눈물 날 때도 꿋꿋이 버텼나
부친 싣고 가는 하늘은 맡겨 두었나
하늘 버려둔 곳에 혼자서 술이 있었나
내 위에 아무도 없어
친척이라도 부르고 싶었나
1.4 후퇴 때 친척이 버렸었나
해주전문대학교가 어디 붙었는지
황해도 고향에서 공부하다가 넘어왔나

술잔이 그 뜻을 받아들었나
그만 마시자 할 때 혼자 달랬나
잠 못 이루는 밤에 나를 가두었나

험담

주황색 남방에
단추 알 다섯 개

월,
화,
수,
목,
금,

그 중 단추 하나가
누군가 눈에 떨어졌다
하루는 남방셔츠가
단정한 용모에 망가졌다
매기수염 단 사람만이
눈에 보여 입을 치켜들었다
주황색 남방셔츠가 멋을 잃었다

봄이다, 나왔다

제2부

토마토

과일도 아닌데 과일인 척
행동하는 것이 눈에 거슬린다
너의 이름값이 성이 같다고
과일 접시에 올릴 과일과는 아니다
분명 딸기나 감이나
겉으로 입은 옷은 흡사하긴 해
누가 봐서 그럴싸하나
일단 입안에 들어가면 다르거든
딸기를 봐라 한 입에 넣어 잼을 만든다
감이야 거칠고 둔해 보이긴 해도
부드러운 반전은 기대 이상이다
아무리 방울토마토를 내세운다 한들
과일을 따라가기에는 밀린다고 봐야지
너는 야채인데 과일하고 놀려고 하니 문제야
오이한테 가서 한 입씩 깨물어 봐 친구가 될 거야

힘을 불끈 쥐어라

화가 나 술 마셔 봐야 몸만 망가진다
기분 풀어내는 거야 말릴 수 없겠지만
하룻밤 사랑 모르는 것 치고
어딘가 굶주린 생활이 보인다

친구야 밥은 먹고 다니니
어제 마신 술은 속풀이한 거니

잘나가는 직장 때려치우고
전화 목소리 술에 찌들어 있다
누가 갈라설 거라 짐작했을라고
돈이 머릿속에 세탁하고 나서
일이 쉽지 않았겠지
바닥 기는 하늘 떠돌아
사람 꼴 더럽기 짝이 없었겠지
오늘도 사랑에 굶주렸다고
아무 곳에 오줌 갈기는 것 아니겠지

안 봐도 친구야 움츠린 어깨가 보인다
남자가 힘 못쓰면 떨어질 것 봐서 힘내자구나

자동차였다

북적이는 도시
도로 사정 알면서
개나 소나
차 끌고 나오니
너도 차였어
나도 차였어
도로가 푯말에
화살을 쏘아 올렸다

차는 한 차선에
거북이가 줄 세웠다

말은 차에서 튀어나왔다
개와 소는 신호수가 안내했다

숙이

사랑이 빗나가 버렸다
머리 숙인 적이 없다고
누가 먼저 숙였는지 따졌다
사랑에 벗어날 수 없는
젊은 날에 숙이가 아니었던가
나야 철이라고 받들어서
문제 제기할 정도는 아니었다
하늘만 바라봐서일까
하늘과 땅 사이 금가기 시작했다
숙이 이름 함부로 불렀다간
이 집에 가장 어디 갔어 도망가 있다
가장 알기를 철없는 아저씨다
철 녹이는 강숙이가 되어 있었다
말 한 마디 토 달아 봤자 녹슨 고철신세다

시장에 터미널 자리

칠팔십 년대 버스에서 차장이 출발 신호 했을 자리
검정 모자 손 흔들고 달려가 버스가 멈추었을 자리
학교 선배에게 인사하지 않아 모자 똑바로 쓴 자리

번화가는 밀려나 사람들은 나이가 차 있었다

하굣길에 시내 몇 바퀴 돌아 집이다
손목시계 잡혀 든 곳이 빵가게이다
학교 성적 떨어져 반 친구 들먹였다

버스는 시골길을 달려 도시에 묻은 먼지를 털어놓았다
터미널 자리는 여학생이고 나는 버스를 탄 남학생이다

첫사랑은 부기 2급

주판알 튕기는 소리가
아직도 학원가에 들린다
학원 시도 못하는 옆자리
얼굴 빨갛게 자리 내주었다
부
기
책
공부 두 자리 둘이 들었다
주판알이 덧셈 뺄셈을 놓쳤다
대차대조표 정산이 되지 않았다
상업계
주산 2급 부기 2급은 필수
학원 강의 출석률 100 프로
책 한 권 마무리 합격에 도달했다
손뜨개질한 주산집 선물이 떠올랐다

칠십년대라면

자 모여라 밥 대신 끼니
배고픈 거지 측에 넘겼다
누룽지죽 박박 긁어낼 판에
냄비 뚜껑 쟁탈전을 치러냈다

최고의 맛
아 벌리고 보자

뱃속 누울 자리라면
아궁이 불 쑤실 때라면
솥단지 감자 채울 때라면
곤로에 성냥불 붙일 때라면
양은냄비 넘치게 태울 때라면
연탄불은 번개탄이 피울 때라면

그 시절이 배고파서
연기 피워 눈물이 났다

검정 교복의 추억

공부 남주다 집주소에 성적표 찍혔다
학교 성적 걸려들어 학원 공부에 맡겼다

주산 부기 학원이 북적였다
사복 입은 학생과 가까워졌다

학원 시간 남아돌아 딱 한잔 채웠다
소주병 나발 물고 입다물자 냄새나였나
한 가치 담배 여럿이 물었다 공부하자였나
교복 차려입고 물어나 보자 언제 그랬어였나
책가방 들기 힘들어 옆구리에 꼈다
모자 푹 쓰고 껌 씹으며 교복 주머니 찔러였나
나팔바지 하면 알아주는 학생 교무실에 불러였나

부모님 속 깨나 썩인 잔소리
교과서 생각해 성적표 올려보자

공부할 만하면 머릿속이 꽉 찼다
남몰래 써 보는 쪽지가 아주 편했다
깍지손 풀어 집주소에 우표 침 발랐다
꽃편지 주고받은 하늘에 잠 못 이루었다

생일인 감

가을바람 부는 날이 있는 감

맑은 날 언제인지 날 잡아서 찾는 감
한 살 버리는 나이 대접 받고 싶었는 감
기분은 받아들고 샴페인 폭주는 버렸는 감
밥 한 끼 갈빗살 구워
뱃속 채우지 못했는 감

한 잔 술이 그리울 때 부르는 감
소주병 떠나보내지 못해 마셨는 감

부모님 위에 선생님이 위

검정 교복에 스포츠머리
고등학교에서 배우는 자세
등굣길 교문에서 거수경례했다
공부는 부모 꾸중 못지않아
선생님이 점수 매겨 매 들었다
우리 반
꼴찌 반
공부용 몽둥이 이리 나와
책상에 책가방 높이 더 높이 들었다

부모님에게 내밀 성적표
선생님은 각자 양심에 맡겼다

다른 반 성적표 우편물은 집에서 뜯겼다
가정 통신문에 맡긴 성적표는 우리 반이다
중간시험 남아서 성적표 최고로 올려놓았다
담임선생님은 카세트에 고고춤판을 벌려 놨다

남성의 방뇨

직장일 따로 불러 취기 오른 설자리 건물 후미진 곳을 가리
켰다 불 밝혀 경계근무하는 도시 북적이는 사람들 피해 집으
로 가는 지도를 그렸다 술 취한 도시에는 도깨비불이 날아들
었다

가장의 자리 힘에 부쳐 오줌발이 시원치 않다

직장일 쌓일수록 쉬 붙잡는 전봇대 성질 급한 오줌발만큼 없
다 쉬 충전되지 않아 가로등 들어오지 않은 전봇대에 남자의
오줌발을 바로잡았다 그 길이 그 길 같은 아파트 눈 부릅떠
야 정신이 든다

남자의 정조준 밖에 모르는 직장일 남의 집 담벼락 붙잡을
시간이 없다

가을이구나

나뭇가지에 달린 나뭇잎
다 털릴 지경에 이르렀구나
가슴이 뛰다 보니까
아직도 못내 계절을 아쉬워하는구나
낙엽이 한 잎 두 잎 남아
심장으로나마 불태우기에는
하늘에 실어 나르는 구름을 붙잡았구나

추석

고향길 꽃 피어 짐 실은 차
파란 하늘 가는 곳에 구름 간다
누가 빠르나 안기는 길
고속도로 줄서기가 시작됐다
구름 앞서 가지 못해 안달이다
산 넘어가는 해 차에서 떠나간다
시골집 대문 활짝 열어 놓아
우리 가족 앉을자리 가마솥 불 피웠다
차가 밀린다 고
시골 마을이라 고
밤새워 들려온다 고
누가 고스톱 땄나 가족에 보약 한 첩
아픈 한 사람을 위한 웃음꽃이 피어났다

셋방살이

우리 집이다 싸워 봐서 안다
남의 집 알고 나니 우리 집이 싫다

주인집과 사글셋방
내 나이와 두 살 차이
누나답지 않아 대들었다
다섯 살 나이 때는
우리 집을 몰라봤다고
주인집 계집애가 시비를 걸어왔다
문밖에 주인집이 지켜봤다
그 애는 어디서 갑자기 나타났는지
문 열고 한 발짝 나서려다 변소가 더럽다
우리 집이야
니네 집에 가 걸려들었다

우리 집 너 다 가져 초가지붕에 살았다
어머니 눈물 한없이 고여 대궐집이다 이사했다

가을이라고 했는감

가을하늘은 나뭇가지에 매달려 가는 감
어쩔 수 없이 떨어지는 것 알고 가는 감

구름 잡아 보라고 할 때 알아보지 못했는감

산자락 가지 뻗은 손길 그냥 올려다보기로 했는감
단풍잎 하나쯤 가슴에 달아 보라고 하지 않았는감
책갈피에 끼운 은행잎은 젊은 날에 회상이 아닌감

가을날 돌담길 나뭇가지에 손 닿은 감
할아버지 손길 한참 잡고 어루만진 감

어머니 벽장 속에 들어가 훔친 나이 들켜 버렸는감

감히

익은 감 자신감 때문인지
감나무에 달린 감 보나 마나
작살내야겠다고 마음먹었나요

그런 감
먹기로 한 감

감잡아 맛보려 하겠지요
감이 떫다고 보았어야지요
감을 봐서라도 참았어야지요
감나무 감안하고서 땄어야지요
감이 익을 쯤 먹게끔 했어야지요

누가
감에다
손대
몰랐던 감

감이라고 불러내겠지요
한 번은 용서 받아야겠지요

머리핀

꽃씨를
화단에 심기보다
머릿결에
꽃 하나면 돼
남이 보는 나이
머리에 심으면 달라
바로 나비가 달려들거든

은행나무

나뭇가지 붙잡았더니 은행이 보인다
똥 냄새나는 돈 어디 가지 않고 찾는다
출근 도장 찍지 않고 돈을 모를 리가 없다
하늘이 아무리 맑아도 여무는 은행알이다
은행 어디 못 가게 잡아도 집에는 쌓여 간다
돈에 걸려들어 나가떨어져 있다
머리 아프게 따져서 돌고 돌았다

은행잎이 부채춤 추고 나섰다
황금 같은 계절이 나부껴 움츠린다
가로수길에 똥 냄새 맡기에는 다 같다

가을인가

가을 어디로 가
붙잡았더니
햇볕이 그늘져 가
단풍이 나뒹굴어 가
바람 불어 구름이 가
나뭇가지 그만 잡고 가
나 홀로 걷기에는 무리가

구슬놀이

동네 아이들이
쪼그려 앉았어요
으찌, 니이, 쌈,
구슬 쥐고 흔들었어요
너 으찌 가
나 니이 갈 테니까
자 힘 뺐다 쌈이었어요
구슬이 굴러 들어왔어요
더 이상 주먹 쥐기 싫었어요
따고 배짱은 구슬만이 알아요
아들 밥 먹자 안 들려
구슬 싫어하는 엄마는 화냈어요
집에서 구슬을 셌어요
구슬이 와글와글 웃었어요
엄마가 구슬놀이 선수인지 몰랐어요

하늘이 그리웠나

태양에 재가 되어 뿌려졌나
잠 못 이룬 밤하늘에 불씨였나
이대로 보낼 수 없는 사람 떠났나
눈물이 물어봤나
닦으면서 대답했나
나
내버려 둬 망가져 있었나
나
술독에 건져 속 쓰려 했나

너는 참 뜨거운 곳으로 떠났구나
나는 식지 않는 곳에서 찾고 있구나

김재수

우리 반 단짝 친구
공중전화에 줄 세웠어요

여보세요
재수 있어요
재수 없다구요
재수 어디 갔어요
재수를 모른다고 해
전화한 기분이 잡쳤어요
전에는 불러내고 남았어요
이제 허락 받기 힘들어졌어요
엄마 대신 새엄마가 싫다 했어요

내 친구 재수는
이름 타고 태어났나 봐요

어린것

어린것이 이 새끼야 하며 싸워요
멱살잡이 못하는 친구는 말려요
말리기 힘든
동네 할아버지 고함은 호랑이 혈통이지요

이 놈들 야단쳤어요
사이좋게 화해했어요

할아버지 꾸지람은 말려도
뒤돌아섰다 하면
새끼야는 지기 싫어 할기시 얕보지요
놈아끼리 싸우는 뒤풀이를 어떡해 말려요

어쭈 노려보네요
이게 주먹 쥐네요

귀신살이

누군가 똥에다 침을 뱉았다

시골 허름한 똥둣간에 자정에 맞추어 울리는 벽시계 소리 침
삼키지 않고선 대문 밖 출입 허락이 안 돼 숨 고르기 도저히
못 참아 이동한 거리 낮에 허기진 배 무 뽑아 남의 무밭에 욕
심이 배탈났다

요강이 엉덩이를 걷어차 다리가 떨렸다
시골길 배고파 버릇 고칠 아이 혼쭐났다

외할머니가 화롯가에 불길 잡는 옛날이야기 머리 곤두세우
는 똥둣간이 얼마나 밤마다 문지른 약 효과인지 바람 소리에
도 귀신이다 두려웠다

귀신은 밤마다 똥둣간에 나타나 침을 흘렸다

말벌

밤나무에 벌 한 마리
눈앞에서 기웃거렸어요
저리 안 가 겁만 주었어요
벌 한 마리 아니라고
사방에서 독 올라 몰려왔어요
나 살려라 도망쳤어요
알았어
그만해
그 자리서 별 몇 개를 달았어요
밤나무에 말벌 눈에는 밤탱이였어요

고래를 잡다

나는 명찰에 손수건 단
빵모자 쓴 예쁜 유치원 아이
엄마 손잡은 장날
목욕탕인 줄 몰랐다
여탕에 들어서자 마자
서둘러 뛰쳐나왔다
동네 계집아이 읍내서 마주쳤다
두 번 마주할 곳은 아니다
옷 벗지 못한 사내대장부는 다르다
다른 아이들은
냇가에 발가벗고 물놀이한다
나는 눈뜨고 못 봐
수영복 입고 바다로 뛰어들었다
육칠십 년대 놀림거리가 낯 뜨거웠다
국민학교 변소가 알까 봐 멀리서 찾았다

봄이다.
나왔다

제3부

들개

강아지가 꼬리 흔들어서
사람 손에 길들여져 가족이다
키가 커 미운 짓거리가 거슬렸나
개밥 제대로 주지 않아
개가 짖어 시끄러워졌다
누가 키웠는지
개와 인연 아니라고
제정신 아닌 곳에 버려졌다
예뻐할 때는 강아지라고
버릴 때는 개자식이라고 다르다
개는 상처 받을 대로 받아
길에 떠돌아다니는 들개가 되어 있었다

똥값

더러운 말 듣다 보니 그 값어치가
기준에 맞지 않은 운송료가 되었다
물가는 시세차익 노려 뛸 대로 뛴다
눈뜨면 돈이다 더러운 곳에서 풍긴다

나이 먹으면
이 일 힘쓰는 차
십 년 전보다 못해
하도 똥이라고 하길래
찾
아
봤
더
니
운송료 똥값이 맞네
오를 줄 몰라 난리네
냄새나는 가격이라네

우리가 사는 똥칠한 가격대에 멈춰 서 있다
도로에 차는 많고 가격대는 급해 싸게 찾는다

부부, 어디까지나

모기야 덤비지 마라고 할 때
제발로 잠자리의 경계선을 넘는다

한여름 짜증날 만해 모기가 무는 거 치고 숨 막혀
모기가 섣불리 덤벼들어 따로 자는 거 치고 말 못해
살붙이 기대기 쉽지 않아 못살아 긁는 거 치고 왜 그래

잠자리 모기 보이기만 해 봐라
사랑방 이불과 요 허술한 점 노린다

힘내자 힘 어쩌다 모기 잡는 신세가 되었다

사랑방 번지수 찾다 보니 어디까지나
참아내자 노랫가락 한 박자 어디까지나
이러다 한풀 꺾여 잠자리 허락 어디까지나

사랑의 이름으로

이 세상 하나밖에 없는 사랑아
떠오르는 태양을 보고 말하시오
의심할 것이 따로 있지
누가 여자 향수와 교신한단 말이오
사랑으로 다리미질한 옷에다
얼굴 파묻을 당신을 두고
당치도 않은 소리 잡아야 하다니
착각 속으로 빨려들어 가기에는
싸울 힘 남아돌아 헐뜯어야 했으리라
양복주머니 뒤지는 손이 말 다했지
주머니 털린 기분 내놓아 봐야 입이 커진다
싸우고 싶지 않아 들어주는 한도 초과다
직장일 눈코 뜰 새 없어 녹초에 쓰러지려 한다
집에서나마 발 뻗지 못하면 어떡하라고
내 인생도 당신 인생도 버려두지 않는 곳에서
오직 지켜야지 하는 사랑 닦지 못한 술이 있으리라

인생이 쓰다

사는 일 아무도 모른다
누가 쓰다고 할 수 있나
고르게 뛰지 못하는 심장
정상적으로 뛰게끔 해야지
보약이 별 거냐 마셔야 풀린다
사는 맛 헐떡여 꿍할려고 꿍했나
모르는 소리
집어치우지 않고선
남아도는 술 채워 비워야 한다니깐
나는 털어낼 수가 있다
충전한다면 안 비울 수가 있나

참는 거만이 사는 길이라 힘내야만 한다지
화나는 일 풀어야 새로운 시작이어야만 한다지

거울 앞에서

거울아 거울아 나 어때
예뻐할 나이 아니라고 봤나
주름진 얼굴 보고 나서
잡티 관리하지 못한 나이 되었다
남이 보는 눈
도저히 못 봐주겠다
동안이라고 본나이 빼앗길 줄이야
그동안 챙긴 나이가 아깝다
젊다고 거들은 얼굴 살짝 미소를 띄운다

여보세요
누구세요

거울 신세 못마땅히 여긴다
아직 머릿결 그대로의 얼굴이다

동창회

초등학교 동창 머리 위에 나이 올렸다
나이 계산해 보지 않고 장난말이 나온다
인격 떨어지는 행동할 때 나이가 들먹인다
잘난 맛에 우쭐대는 성깔은 아직도 버릇없다
우리가 나이 들어 얼마나 변했는지 나설 때이다

장난말 가지고 놀 때 한창 싸웠다
고쳐먹은 나이는 됨됨이가 의젓하다

말 한 마디 환영 받지 못해 상처받고 산다
오랜만에 반가운 인사 그 시절로 돌아간다
우리가 할 말 못할 말 구분해 갈 나이 되었다

나이를 아직 감지 못할 때
나이를 정리정돈이 필요하다
나이를 가꾸는 인상착의 되었다
나이를 살리는 내공도 우리 몫이다

강물에 다리 놓여 건너는 세월이 되었다
우리들의 참모습 술잔 높이 들고 만날 때다

비가 온다

술 나와라
안 들리냐

집에 나 혼자라 초대했다
기분 전환 음악에 대비했다
창가에 빗물 닦아 가며 마셨다
술 너 행패 부리면 알지
나 술 마시면 너 못지 않아
한 성격 한단 말이다
잘 들어 단속하며 마셨다

술 그만 따라라
안 들리냐

술에 대고 화풀이했다
나도 모르게 눈물이 적셨다

포장마차

직장일 힘들다 김빠져 나온 김에

날잡아 직장 선배 모시고 배워 둘 차례
미움 산 하루 눈엣가시 빼내는 데는 딱이다

포장
부담 같지 않는 한도 내에서
소주에 곰장어 안주 입안을 녹인다
상장
직장일 넘어야 할 곳이 보여
윗사람이 따르는 소주 쓴말이 있다
마장
직장상사 할 말 따위는 풀어
잔소리 하도 먹어 그만둘 지경이다
차장
차 떨어져 남은 술은 끝내기
기분 푸는 선에서 건배 말고는 없다

직장일 장 받아 장 높이 쳐들어 멍이다

밤하늘 별자리 돌고 돌아 부담감을 없앴다
건물 올라갈수록 자리다툼 발뻗기 쉽지가 않다

세상 참 까불며 산다

나쁜 사람은 주둥아리로 싸우고
좋은 사람은 입술로 싸우고 있으니
상대가 될는지
따져 봤다면 더러워 침 나온다
서민에 목소리 단판 짓기는 나누기한다

그 상대가 정치인이라 문제다
그 상대가 법조인이라 불리하다
그 상대가 기자라서 말문이 닫힌다

이 나라 뜯어 고칠 것은 많아도
자리 지키며 잘났다고 하는 짓거리가
싸움 염병할 일이지
싸워 봤자 그 통속에 끼워 넣기 계산법이다

그러니까 그 사람들은 막가자고
좋은 말 가지고 주둥아리 까벌려 사는 거라니까

직장상사

술이 불러 사는 거야 좋은데
날 붙잡고 실수하더라
삼겹살 시켜 놓고
상추쌈에 입 벌려 놓았더니
건배 못 맞춘다고 한 방 먹이더라
사회생활 한잔 더 받아 주니까
약봉지가 찾아내더라
누가 취했는지 할 소리
상사면 다냐 화낼 수가 없더라
상사 마빡에 붙은 화딱지야
왜 하필이면 나야
나 이대로 가다 병 걸릴 것 같아
그 사람 기분에 폭발 직전에 와 있더라
직장에 상사면 대수냐 사직서 앞에 앉더라

눈물 나는 날에

세상 슬프다고 한들
누가 좋아한다 합니까

혼자서 눈물 씻어 내야지
약해 보일수록
만만하게 볼 줄 안다고
이 기회에 올라타는 것 아닙니까
강하게 살기에는 부족한 게 많아
눈물 홀가분하게 흘려도 되는 것인지
가슴이 아팠겠지요
복부를 두드렸겠지요

남이 모르는 아픔만이
자작하면서 타 마셨겠지요

이것이 운명이다 받아들이기는
부정할 수 없는 아픔만 남아 있겠지요

정년퇴직

건강이 나설 나이가 되었다
병원이 부르고 싶어서 불렀나
초기에 속쓰림 증세야
괜찮아질 거라 생각이 나았겠지
콧물이나
기침이 외쳤었다면
그 정도야 술잔 따라 부어
달랬었겠지
우리 살면서 그렇게 살아왔나
건강보다 일이 먼저다 간섭했나
눈에 넣은 직장일 한결같이 지켰다
이제 아쉽게도 나를 돌볼 때가 되었다

사랑의 상처

눈에 딱 맞는 시력
아픈 눈 치료를 했어요

언제부터 사랑한다고

쉽게 입에 넣어
쉽게 빨아먹었어요
쉽게 진정시키기에는
쉽지 않은 배가 나왔어요
책임져야 할 말은 버렸어요
뱃속 차버린 인은
사랑에 도둑질이었어요

사랑하다는 말
쉽게 낳지 마세요

책임지지 못하는 배가 아파요
배 아픈 사람 눈물 지새울 수 있어요

사랑한다는 것은

그대의 얼굴은 꽃으로 피었다
그대의 마음씨는 향기가 진하다
그러니 그대를 못마땅히 여길 순 없다

남들이 착각할 만하다

내 사랑 남에게 잠깐 뺏길까 봐 걱정이다
내 사랑 난 그것도 허락되지 않아 불안하다

난 너를 가꾸는 꽃 같은 사랑이다

겨울나기

눈이 온다 눈이 와
눈사람 키가
나보다 키 큰 세상과
눈사람 키가
나보다 작아진 세상과 만나
눈이 온다 눈이 와

눈이 와 흙바닥을 굴렸던 세상과
눈이 와 콘크리트 바닥에 녹인 세상과 만나
눈이 온다 눈이 와

눈사람

눈이다 눈 온 세상에 뿌려졌어요
눈은 신이 나 개구쟁이를 불렀어요
눈은 벙어리장갑과 친구가 되었어요
시골 눈밭에는 추운 줄 몰라 뛰었어요
밤새 찬바람은 영하로 떨어지면서
개구쟁이는 열나고 기침까지 해댔어요

눈사람은 간호사로 돌아섰어요

눈썹은 송충이고
콧날은 들창코고
입술은 지렁이고

눈이다 눈 장난쳐 밤새 잠에다 코 흘렸어요
너였구나 알아보는 눈사람 꿈에 나타났어요
감기 몸살 걸렸구나 주삿바늘이 노려봤어요

못생긴 간호사가 엉덩이 때려 아프다 소리쳤어요

사랑, 더 이상 못 참아

사랑이 비만일 때도 있다
날씬해지라고 핀잔을 준다
들먹이는 사랑치고는
애고 부려도 밉상 취급을 한다
사랑이 어쩌다 살쪄 부작용이다
귀 따가운 말 참지 못해
사랑의 무게 조절에 나선다
깎아지른 산행길 바위 잡는다
산에서 만난 사람이 편하다
등산복 차림이 부담 가지 않는다
매력덩어리 통통하다 감싸고 돈다
산 넘어 부는 바람 하산에서도 찾는다

한턱 쏜다

내가 너희들을 상대하마
친구들아 다 모여라
소주잔에 기분 모를 리 없다

가격표 보지 않고 불러들였다

조개란 조개 입 벌렸다
기분 같아서는
소라도 특별히 모실 예정이었으나
바닷가도 알다시피
갈매기에 선보인다는 거지
집밖에 모르는 소라를 봐서는
초대할 수가 없다는 거지
그래서 조개구이 소짜를 시켰다

기본 안주에 자 건배부터 따라 주었다

먹고 싶은 안주 시키래도 선수 쳐 튀김류다
내가 쏘는 안주 부담 같지 마라 이왕에 술이다

고드름

눈이다 눈이 와요
우리 집 손님 찾아와요
눈 식구 늘어나서
아궁이 불에 땔나무
굴뚝에 연기 피워 날랐어요
이른 아침
처마 끝에서
얼음과자가 달렸어요
오후가 되자
우리가 입맛 다시는 앞에서
침을 번갈아 가며 뱉기 시작했어요

해군에서

바다의 사나이 돌고래가 간다
군함 떠나지 못한 갑판 수병이다
80년대 35개월 군복무
모자에 새우깡 하나 달았다
바닥 기는 기합소리
함상에 기수대로 줄 세웠다
갈매기 먹을거리 날아와
뱃멀미 참지 못하고 토해냈다
레이더에 미세한 점이 견시를 찾았다
수병 집합 비행갑판이 안 들리지
엉덩이에 쌓인 먼지 일주일이 길다
해치 파이프의 자랑거리는 성한 곳이 없다
하얀 옷 육지에 나와 멋부렸다
세라복에 대한민국 모자를 썼다
그 시절 넘실대는 파도를 불러낸다
바다를 주름잡은 해군 출신 이야기다

정치인아 그만해라

사람 헐뜯고 살아왔다
전문 직종에 앞장서 왔다고
정치인의 말 한 마디가
사람 더럽히기에는
사기꾼보다 한 수 위쪽에 있다
언론인은 선두 주자로 나서
청소하는 쓰레기 도구가 있는지
국민 앞에 말꼬투리 잡아 비꼬았다
세상 적당히 잡고 흔들어라
정치인이나 언론인이
사람 길들이기를 하고 있다
구역질나는 언론 들출 때마다
세상 다 산 것처럼 가시 빼낸다
세상에서 제일 더러운 사람이 말 많다
그 사람들 눈에 걸리면 누구나 끝장낸다

이기자 뛰다 넘어진다

이 나라 판치는 직업에는 거짓말 짜리 국회의원 돈 몇 푼 받
았어도 발뺌한다 국회의원 입은 양은 냄비에 끓인 국인지 장
작불에 솥단지 끓인 국인지 국민이 맛보기에 양념이 덜된 맛
이다 기자는 이런 호사 누려 굶기지는 않는다 비속어까지 잡
아 돌린 기사거리 치고 듣기 싫은 말이 또 어디 있을까

국민들 귓속에 수축해야 되는지 팽창해야 하는지

대통령님 국민이 부른다
가자님 대단한 기사입니다

하이에나가 먹은 고기보다 더 썩은 고기가 맛있는 기사는 못
된다 그 고기 가지고 여야가 서로 먹겠다고 싸우고 지지고
볶을 것이 뻔할 것이고 국민은 진실과 거짓을 떠나 편을 갈
라치기할 것이고

이 나라 더럽기 짝이 없다 정치판 들먹인다

국회의원 양반 다 드시오

고깃덩어리 놓고도 싸우는 것 봐라

여당은 잘 구운 고기라고 하고
야당은 덜 익은 고기라고 하고
이 나라 정치권이 먹고 살겠다고
국회 체포 동의안까지 방향을 틀다니
국민은 그 수법에 놀아나는 꼴에
종잡을 수 없다

눈에 보이는 정치인에 이빨이 상해 보인다

국민 앞에 치료해 보이는 것 같아
제대로 웃을 때 보이는 이빨보다는
숨기는 이빨 양치질하지 않은 입냄새가 난다

자기 몫 챙기겠다고 지껄이는 판에 욕이 부른다

검수완박

이 나라 법치주의가 무너졌다

국회법 비리 정치인 싹 쓸어야 할 마당에 정치인에 낯짝과
얼굴이 여야가 갈라섰다 서민에 법감정 감옥살이 처리할 일
가지고 비리 정치인 달리 누리는 법 누굴 죽이려고 살아 있
는 법 여야의 패싸움 상대가 되지 않아 국회법 여당이 밀어
붙였다

정치인이 야바위꾼 아니고선 법을 국민에게 팔아넘겨도 되
는 것인지 감옥 갈 사람 딱이나 검찰 소환 체포권마저 가로
막혔다

이 나라 정치인 문제가 드러났다
이 법안 방패 삼아 제명하지 못한다

봄이다 나왔다

•

지은이 / 김병찬
발행인 / 김영란
발행처 / 한누리미디어
디자인 / 지선숙

•

08303, 서울시 구로구 구로중앙로18길 40, 2층(구로동)
전화 / (02)379-4514, 379-4519
Fax / (02)379-4516
E-mail/hannury2003@hanmail.net

•

신고번호 / 제 25100-2016-000025호
신고연월일 / 2016. 4. 11
등록일 / 1993. 11. 4

•

초판발행일 / 2023년 2월 15일

•

ⓒ 2023 김병찬 Printed in KOREA

•

값 **12,000원**

•

※잘못된 책은 바꿔드립니다.
※저자와의 협약으로 인지는 생략합니다.

•

ISBN 978-89-7969-866-4 03810